LES FILLES DE

⑩

4 GOMES & LIMAN

6 *KERFRIDEN*

8 CRITONE

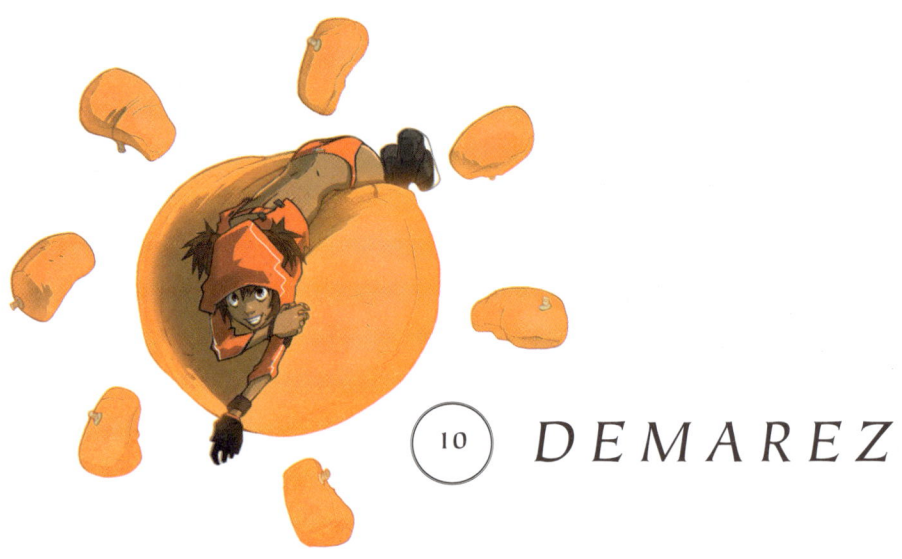

DEMAREZ

(12) *DAV & MEL*

14 N'GUESSAN

20 DONSIMONI

22　CELLIER

26 NHIEU

28 GRELIN

30 DANARD

32 KARA

34 LOUIS & LAMIRAND

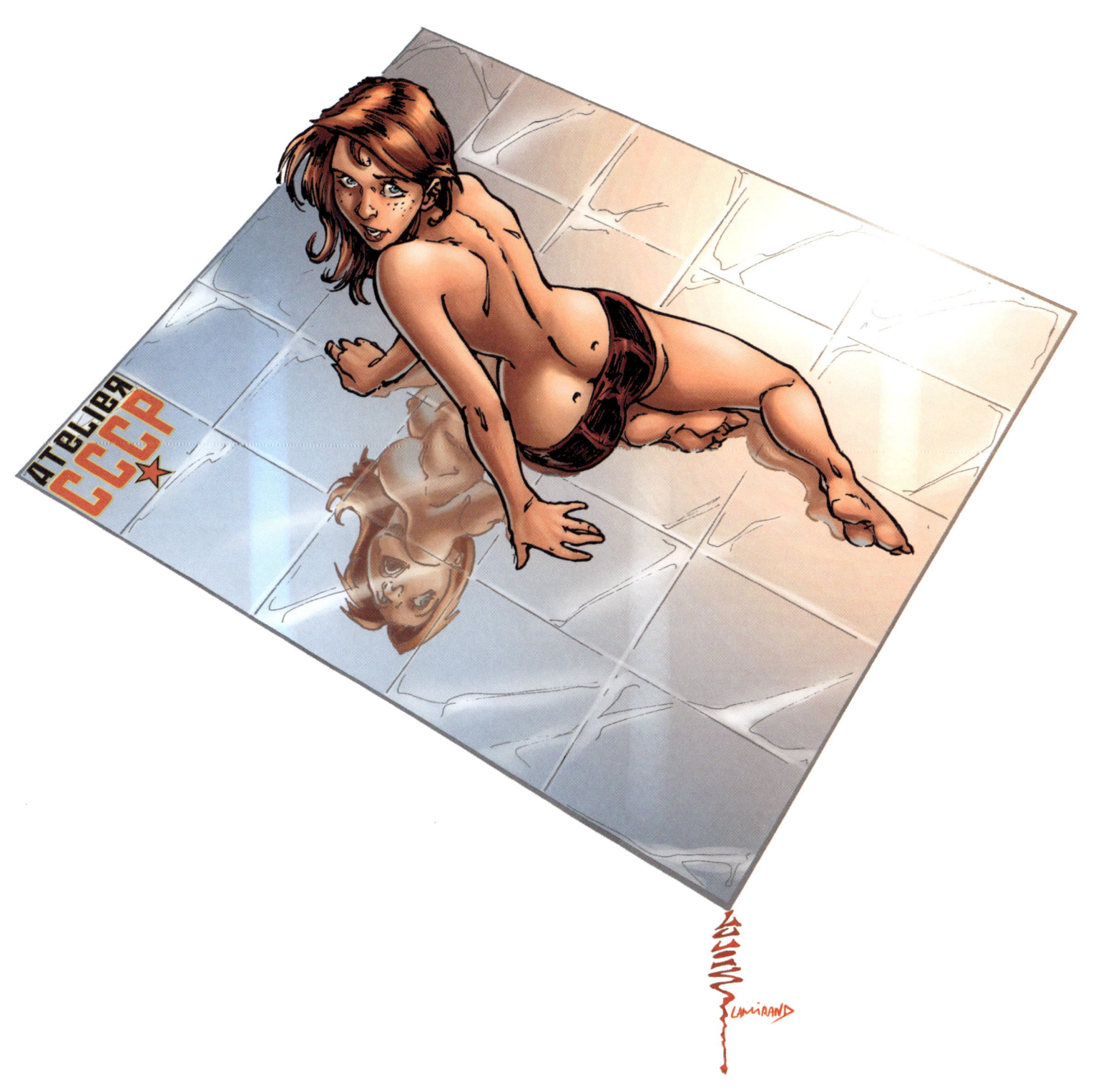

36 *ALEKSI*

38 *ACCARDI*

40 LIMAN

42 LABROSSE

(44) *TARQUIN*

46 PEYNET

48 MEGLIA

50 PATY & PAITREAU

54 BESSADI

56 GENÊT

58　BESSON

MINY

MICHEL & MINGUEZ

64 MASA

66 ISTIN & ELLEM

(68) *JIM & DELPHINE*

IBIZA
CLUB

70 TOTA

72 PENET

CAGNIAT

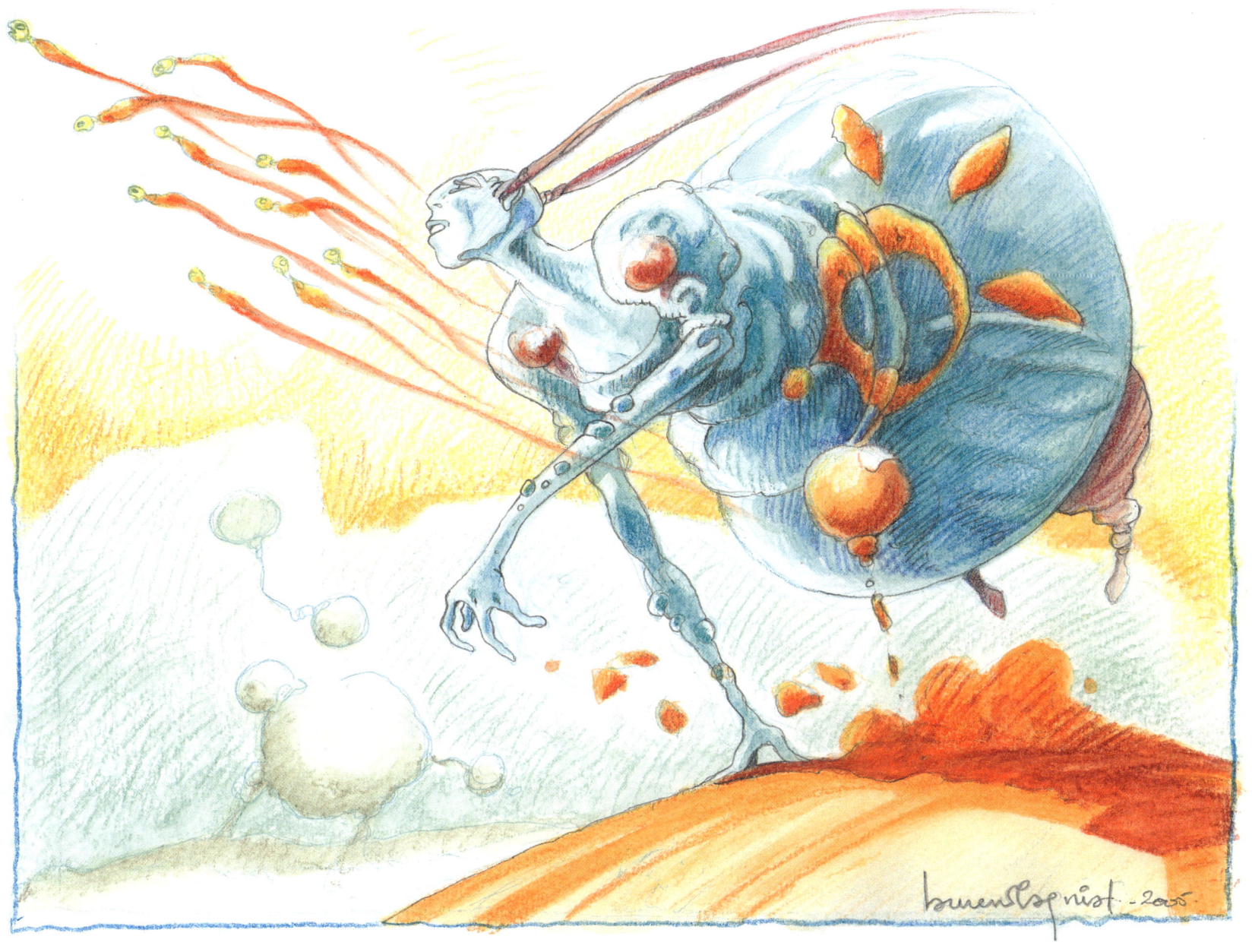

76 XAVIER & ALEXE

78 DIAZ

80 GUINEBAUD

82   *STAMB*

(84) BARBUCCI & CANEPA

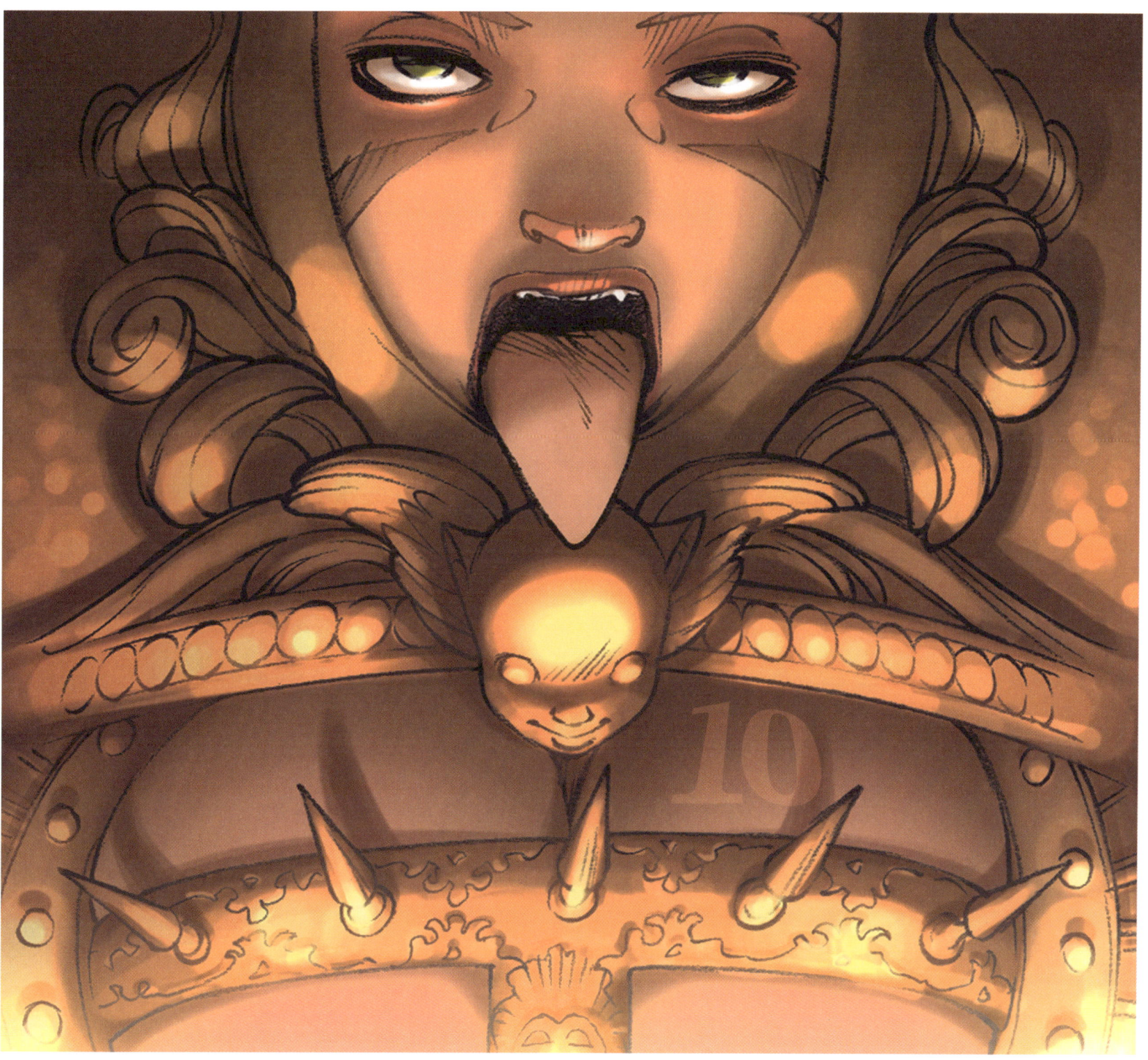

86 OLIVARES & SUAREZ

88 DRANAËL

90 A. GAJIC

94 MINGUEZ

© **MC PRODUCTIONS**

Soleil Productions
15, Boulevard de Strasbourg
83000 Toulon - France

Bureaux parisiens
25, Rue Titon - 75011 Paris - France

Conception et réalisation graphique : Studio Soleil
Dessin et couleurs de couverture : Jean-Louis Mourier

Dépôt légal : Février 2006 - ISBN : 2 - 84946 - 372 - 8

 Fabriqué en France par
Partenaires Book®